Der Rennwagen

Es gibt viele Bauernhöfe in der Welt,
aber keiner ist so wie Mullewapp.

Mullewapp ist groß,
so groß, dass er Platz hat für alle.
Mullewapp ist klein,
so klein, dass er selbst im kleinsten Herzen Platz findet.
Mullewapp gehört niemand,
so wie Sonne und Luft niemand gehören.
Mullewapp gehört jedem,
so wie die Welt uns allen gehört.

Helme Heine

Der Rennwagen

MINIMAX
BELTZ
& Gelberg

Johnny Mauser, Franz von Hahn und der dicke Waldemar hatten eine tolle Idee. »Morgen früh«, so planten die drei kleinen Freunde, »werden wir Mullewapp auf eine ganz besondere Art wecken.«

Lange vor Sonnenaufgang trafen sie sich
auf dem Misthaufen. Johnny prüfte die Windrichtung,
und der dicke Waldemar kümmerte sich um Franz.

»Gegen den Wind müssen wir starten«, sagte Franz
und schlug aufgeregt mit den Flügeln.

Der Start verlief gut.
Wie ein Drachen stieg Franz in den Morgenhimmel.
Hoch über Mullewapp sollte er
sein gefürchtetes Kikeriki schmettern –
aber alles blieb still.

So holten sie Franz wieder vom Himmel
und fragten: »Was ist los?«
Franz zerrte an der Schnur um seinen Hals
und krächzte: »Zu eng!«

Nachdem sie ihn befreit hatten,
rannten sie alle drei schnell in den Stall
und weckten Mullewapp, wie sie es gewohnt waren.
Es war spät geworden.

Sie frühstückten in der Hundehütte von Berni,
der eine Hasenspur verfolgte,
und planten neue Abenteuer.

Auf ihrem Fahrrad radelten sie davon,
jeder auf seinem Platz,
bis die Dächer von Mullewapp
so klein wie Mohnblüten waren.

Am Wasserfall kühlten sie
ihre erhitzten Seelen und beschlossen,
die Abkürzung über
die Müllkippe zu fahren.

Vorsichtig schoben sie ihr Fahrrad
durch Glasscherben und Gerümpel.
Da entdeckte Waldemar einen Kochtopf.
»Den nehm ich mit«, sagte er.
Seine Freunde beneideten ihn sehr
und gingen auch auf Schatzsuche.

Als Franz einen rostigen Rollschuh aus der Asche scharrte,
war Waldemars Topf schon weniger interessant.
Und als Johnny einen alten Bollerwagen hinter einem Sofa fand,
war er der Größte.

»Los, den probieren wir gleich aus!«,
schlug der dicke Waldemar vor,
und Franz gackerte begeistert.
»Das ist mein Bollerwagen«, entgegnete Johnny spitz,
»die erste Fahrt mache ich allein.«
Und er duldete keinen Widerspruch.

Stolz zog er davon
und ließ seine Freunde stehen.
Am Steilhang setzte er sich
rittlings auf die Deichsel und rollte los.
Hui, war das eine Fahrt!
Bis ein Vorderrad brach ...
Der Rennwagen überschlug sich,
und Johnny purzelte
in einer Lawine aus Schutt
und Gerümpel zu Tal.

So schnell es ging,
kletterte der dicke Waldemar den Abhang hinunter,
während Franz ihn mit einem Seil sicherte.
»Er lebt!«, brüllte Waldemar ihm zu
und nahm Johnny behutsam auf seine starken Arme.
Gemeinsam schafften sie ihn nach oben.

»Ich hole Wasser«, gackerte Franz,
ergriff Waldemars Kochtopf
und sauste auf seinem Rollschuh davon.
Als er den Topf über den bewusstlosen Johnny leerte,
meinte der dicke Waldemar: »Hoffentlich hilft's.«
Da schlug Johnny die Augen auf und piepste:
»Zu dritt sind wir doch besser.«

Johnny war noch viel zu schwach,
um mit dem Fahrrad nach Mullewapp zurückzukehren.
So holten sie den Bollerwagen aus der Tiefe,
füllten ihn mit duftendem Heu und legten
ihren verletzten Freund hinein.

Franz war das Ersatzrad mit seinem Rollschuh und der starke Waldemar ein guter Motor. Wenn es bergab ging, machten sie alle drei schon wieder vergnügte Gesichter.

Johnny Mauser wurde wieder gesund,
und sie gewannen so manches Rennen
gegen Bauer Husemanns Trecker –
denn wer kann schon gewinnen
gegen drei richtige Freunde!

Helme Heine, geb. 1941 in Berlin, zählt zu den großen Bilderbuchkünstlern der Gegenwart. Seine Bücher werden in 35 Sprachen veröffentlicht und erhielten zahlreiche Preise und Auszeichnungen. Für zwölf Jahre zog er nach Südafrika, wo er ein politisch-literarisches Kabarett gründete, eine satirischen Zeitschrift herausgab und Theater spielte. Heute lebt er in Neuseeland, schreibt Hör- und Drehbücher für Funk, Film und Fernsehen, schafft Skulpturen und Möbel, führt Regie und hofft, lange genug zu leben, um alle seine Pläne und Projekte zu verwirklichen.

Dieses Buch ist erhältlich als:
ISBN 978-3-407-76063-0 Minimax

FSC www.fsc.org MIX Papier | Fördert gute Waldnutzung FSC® C089473

Erstmals als MINIMAX bei Beltz & Gelberg im August 2008

Beltz Verlagsgruppe GmbH & Co. KG
Werderstraße 10, 69469 Weinheim

Dieses Buch ist erstmals 1983 im Middelhauve Verlag erschienen
Druck und Bindung: Beltz Grafische Betriebe, Bad Langensalza
Beltz Grafische Betriebe ist ein Unternehmen mit finanziellem Klimabeitrag (ID 15985-2104-1001).
Printed in Germany
9 10 11 27 26 25 25

Weitere Informationen zu unseren Autor:innen und Titeln finden Sie unter: www.beltz.de

In der Reihe

MINIMAX

sind über 150 Titel lieferbar, unter anderem diese:

Lisen AdBåge
Die Bestimmer
978-3-407-76272-6

Antje Damm
Der Besuch
978-3-407-76273-3

Anne Möller
Zehn Blätter fliegen davon
978-3-407-76274-0

Stephanie Schneider / Astrid Henn
Mia hat Fußhusten
978-3-407-76275-7

Axel Scheffler / Julia Donaldson
Das Lieblingsbuch von Benni Stern
978-3-407-76271-9

Lorenz Pauli / Kathrin Schärer
böse
978-3-407-76269-6

Marianne Dubuc
Briefträger Maus macht Ferien
978-3-407-76268-9

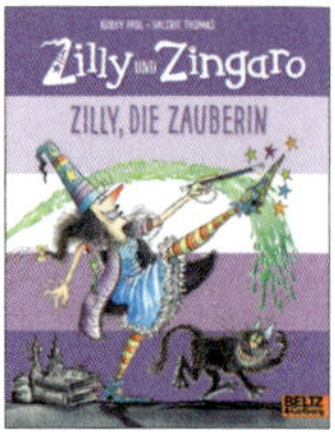

Korky Paul / Valerie Thomas
Zilly, die Zauberin
978-3-407-76267-2

Susanne Straßer
So leicht, so schwer
978-3-407-76276-4

Daniela Kulot
Zusammen!
978-3-407-76270-2

Alle MINIMAX Titel finden
Sie auf unserer Homepage:
www.beltz.de/minimax